Digger y Daisy

van al zoológico

Por Judy Young
Ilustraciones de
Dana Sullivan

Dirigir todas las consultas a:

Sleeping Bear Press™
2395 South Huron Parkway, Suite 200
Ann Arbor, MI 48104
www.sleepingbearpress.com

Impreso y encuadernado en Estados Unidos.

10 9 8 7 6 5 4 3 2 1 (case)
10 9 8 7 6 5 4 3 2 1 (pbk)

Información del catálogo de publicación de la Biblioteca del Congreso

Catalogación en publicación de la Biblioteca del Congreso en el archivo de datos
ISBN 9781627539517 (tapa dura) — ISBN 9781627539593 (tapa blanda)

Traducción por Lachina

Para Jordan
—Judy

Para Kyle, que huele como un mono.
—Dana

Es un día caluroso.

—¿Quieres ir al zoológico?

—dice Daisy.

—Sí —dice Digger—.
Me gusta el zoológico.

Digger y Daisy miran las aves.

Ven aves grandes.

Ven aves pequeñas.

Aves rojas. Aves verdes.

Aves amarillas y azules, también.

—Mira esa ave —dice Daisy.

Digger la mira.

Es de color rosa.

Está de pie sobre una pata.

—Quiero pararme como esa ave
—dice Digger.

Digger intenta pararse en una pata.

Se menea.

Se tambalea.

Y se cae.

Daisy se ríe.

—No podemos pararnos en una pata —le dice—. Nos caeremos. Pero podemos caminar en dos patas.

Daisy y Digger caminan en dos patas.
Llegan hasta donde están los monos.

Hay un mono en un árbol.

—Quiero trepar un árbol

—dice Digger.

Digger intenta trepar un árbol.

No puede.

Daisy se ríe.

—No podemos subirnos a árboles —dice Daisy—. Pero podemos subir escaleras.

Daisy y Digger suben las escaleras.

Van más y más arriba.

Pronto están tan arriba como la jirafa.

La jirafa come una hoja de un árbol.

Digger quiere
comer una hoja
de un árbol.

Daisy se ríe.

—No podemos comer una hoja de un árbol —le dice.

—Ahora necesito tomar algo
—dice Digger—. ¿Podemos
buscar algo para beber?
—Sí —dice Daisy.

El agua
fría hace bien en los días calurosos.

—Veo más agua —dice Digger—.
¿Podemos ir hasta allí?
—Sí —dice Daisy.

Un pato nada en el agua.

—Quiero nadar —dice Digger—.

¿Puedo nadar?

Daisy se ríe.

—Sí —le responde—. Puedes nadar.

Digger mete una pata en el agua.

—¿Estoy nadando? —pregunta Digger.

—No, no estás nadando —responde Daisy.

Digger mete dos patas en el agua.

—¿Estoy nadando ahora?

—pregunta Digger.

—No, no estás nadando

—responde Daisy—.

Debes meterte todo adentro.

Digger no está seguro.

—No puedo pararme en una pata —dice Digger—. No puedo trepar un árbol. Y no puedo comer una hoja de un árbol.

—¿Estás segura de que puedo nadar?

—Sí —dice Daisy—. Puedes nadar. Simplemente inténtalo.

Digger respira.

Cierra los ojos.

¡Y salta!

Al agua con Digger.

Chapotea.

Salpica.

¡Nada!

Digger nada en el agua.

Nada junto al pato.

—Estoy nadando —le dice al pato.

Digger nada junto a un sapo.

—Estoy nadando —le dice al sapo.

Digger nada junto a Daisy.

—Estoy nadando —le dice a Daisy—. ¡Ven! ¡El agua está buena!

Daisy se mete en el agua.

—El agua está fría —dice Daisy.

—Párate en una pata

—dice Digger.

Daisy se para en una pata.

Se menea. Se tambalea.

¡Plaf! ¡Daisy se cae!

Digger se ríe.

—No podemos pararnos en una pata —dice Digger—. Pero tú dijiste que el agua fría hace bien en los días calurosos.